Lwoavie Productions

別以為貓咪只是人類的寵物！其實牠們的智力媲美人類。
日常只是一種偽裝，到了晚間，孤貓們便化身成偵探，
調查各式各類奇案……

口罩偵探社
member introduction
成員介紹

豆豉

綽號：豆豉爸
星座：獅子座
特徵：眼睛圓大，黑色肉球
性格：有情有義，對朋友義無反顧，但有時過於
　　　魯莽衝動。幸得太太瞳瞳適時提醒，
　　　這一對實在是天作之合。
能力：隱身術，輕功了得。

瞳瞳

綽號：大公主
星座：巨蟹座
特徵：異色瞳，肥頭
性格：愛吃愛八卦，淘氣任性。成為母親後
　　　卻是溫柔體貼的賢妻良母。
能力：異色瞳就如測謊機，能看穿誰在
　　　說謊。不過這能力只是間歇有效。

行動組
ACTION TEAM

豆豉大女

綽號：花花
特徵：三色貓，可憐樣
星座：處女座
性格：活潑機靈，懂得裝可憐。身為大家姐，
　　　傳承爸爸重義氣的特質。
能力：未知

豆豉二女

綽號：阿奶
特徵：全白色、圓眼、長尾
星座：處女座
性格：文靜、擁有書卷氣，善於觀察，小心謹慎。
能力：未知

豆豉三女

綽號：大尾
特徵：白毛主色，頭頂有三點黑毛，形態就如
　　　一隻嘩鬼在張口。
星座：處女座
性格：集合兩位家姐的性格，簡單來說飄忽不
　　　定，完全猜不到下一刻在想什麼。
能力：未知

情報組

INTELLIGENCE TEAM

妹妹

綽號：破壞王
特徵：黃白毛
星座：水瓶座
性格：神秘、害羞、社交能力弱。
能力：破壞力和創造力集於一身，
　　　更能發明科技產品。

僖僖

綽號：厭世貓
特徵：黃主色
星座：白羊座
性格：社交能力強，理性思考。
能力：電腦奇才，是非一般的駭客
　　　情報員。

哥哥

偵探社副指揮

綽號：躲藏王
特徵：黑白毛色
星座：水瓶座
性格：天生的鬥雞眼，卻有驚人的專注力。
能力：視力驚人，能看清楚看到十里外的視物。

偵探社總指揮

綽號：小霸王
特徵：咖啡色虎紋
星座：雙魚座
性格：想法多多，創意十足。
能力：擁有大哥風範，領袖力強。能多角度思考，
　　　是一個出色的管理人。

CONTENTS

何以孤貓成員會成立這家偵探社？

故事要說到夕夕還未成為孤貓成員之前。

夕夕本來有兩位弟妹，但不幸是弟弟患上腹膜炎離世。而他的妹妹隨後也 **神秘失蹤！**

即使是前主人溫德烈，也不懂得夕夕妹妹到底跑到哪裏。

作為哥哥的夕夕當然傷心，而經歷了種種挫折過後，夕夕便被孤泣收養下來，到了孤泣工作室。

這段日子，對夕夕來說總算安穩下來，與其他的孤貓成員，也相處得來。

雖然常被誤會性格孤僻，但其實夕夕只是太懂世情。

夕夕生活雖安穩，但其實他一直

念念不忘！

夕怡

「我們一起找你妹妹吧！」

　　沒想到夕夕把自己的遭遇告告訴孤貓們後。極重義氣的豆豉，立時便拍拍胸口 💓，要幫夕夕尋親。

　　說來容易，天大地大又如何能尋回夕夕的妹妹？

　　有義氣的還有哥哥，但他卻理性的提出疑問：「夕夕大哥，你可以說明一下，你妹妹遺失蹤當日的狀況？」

　　其實夕怡失蹤已有大半年之久，幸好的是夕夕並沒忘記當日發生的事：「我還記得，妹妹失蹤當日，溫德烈因為要帶我到診所檢查而出門，

當我們從診所回來，夕怡便告失蹤。」

「你妹妹失蹤之前有**先兆**嗎？情緒有沒有問題？或是曾想過離家出走？」

夕夕搖一下頭說道：「我們兄妹倆感情要好，自從弟弟離世後，我跟妹妹一直相依為命，又怎麼會無聲無息離家出走？」

哥哥思考一下續問道：「舊主人溫德烈又怎樣對待你們？」

夕夕**欲言又止**：「還好，不過自弟弟離世後，他整天**鬱鬱寡歡**，更冷落我們⋯⋯隨後妹妹的突然失蹤更令他大受打擊⋯⋯」

哥哥此時走到夕夕身旁，拍一拍他的肩膀：「你妹妹跟你關係那麼要好，我相信她不會捨你而去的。」

MEOW!

夕夕續說道：「所以離家出走的可能性很低，而失蹤最大的可能，莫過於被人家拐走。」

眾貓面面相覷，夕夕說得有理，但要知道誰拐走他的妹妹，卻似乎是 **大海撈針** 到底要從何著手？

就在大家苦惱萬分之際，僖僖便走到大家面前，遞上幾杯熱茶☕給夕夕、哥哥與豆豉：「會不會是熟人所為？」

僖僖只是隨便說說，但打結的問題，通常都因為誤打誤撞，而生出好的點子。三兄弟此時內心的燈泡也有點點亮光。

夕夕此時搖了搖頭說道：「我還記得溫德烈把我從診所帶回家後，在單位內並沒有被搜掠

的痕跡,如果是賊人,理應有什麼破壞門鎖的痕跡?」

僖僖點一下頭說道:「假設是熟人拐走,在他沒防犯下帶走夕怡,這便成立了?」

哥哥與豆豉同時點一下頭,沒想到僖僖的話,卻一言驚醒他們。

「我也是這麼認為!」當時還大著肚子的瞳瞳,走到了豆豉旁邊說道。

瞳瞳繼續向夕夕說道:「假如是熟人,那便從溫德烈的朋友身上著手吧!」

「此話有理。」

「那我們便快快出發吧!」豆豉義憤填膺的說道。

哥哥一呆,向豆豉問道:「出發到哪?」

「就是要找溫德烈的朋友啊!」

「怎麼找？」哥哥續問道。

「我有辦法！」此時僖僖便說道。

僖僖，**目光炯炯**
向眾貓自信滿滿的笑
了一下。

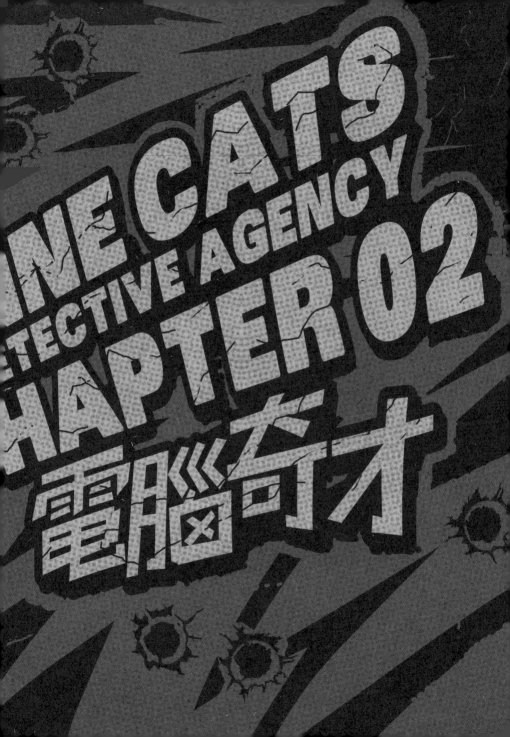

CHAPTER 02
電腦奇才

　　日間，當大多數人，**馬不停蹄**工作之時，那些被寵幸的家貓們，就只懂吃過玩過便呼呼大睡。

　　事實上，他們在夜間卻有不少任務在身。只是愚蠢的人類一直沒有察覺。

「我們應該從哪裡著手？」哥哥摸著自己下巴問僖僖。

「就是孤泣助手的電腦！」

孤泣的助手，傻大姐一名，往往在下班之時，忘掉把電腦關上。因此，也打開了方便之門。

當然，身為電腦奇才的僖僖，把電腦開動並不是一件難事：「我們可利用互聯網，尋找溫德烈的朋友名單，然後便能鎖定其中的……嫌疑人物」

聽罷僖僖的話，眾貓各自搔了一下頭，對電腦一竅不通更感到莫名其妙。然而此刻夕夕卻有話要說：「我記得那天到了診所，前後時間也不過半小時。能在這半小時內把夕兒帶走，又會否是住在溫德烈家附近的人所為？」

「這就是一個重要疑點！」瞳瞳將近臨盆，身體較虛弱，但她仍希望能給夕夕幫忙。

瞳瞳邊說邊走到豆豉身旁，豆豉親了一下瞳

瞳後說道:「對,這麼短的時間便能帶走了夕怡,相信疑犯應住在附近⋯⋯」

夕夕想了一下後說道:「⋯⋯嗯,這已收窄了範圍,而且我也知道舊主人住在附近的幾個朋友是誰。」

僖僖跳到阿納的書桌上說道:「這就易辦,我們現在便可集中調查這幾個人。」

僖僖說罷,便打開了面前的電腦,眾貓一湧而上圍著僖僖,看著她把電腦開動,並連上互聯網。

只見僖僖在鍵盤上不住按擊,此時屏幕便出現一堆堆外星文字。

眾貓瞪大眼睛,看著屏幕出現一堆又一堆的外星文字,大惑不解之際,畫面突然又漆黑一片。

「怎麼？是弄懷了嗎？」豆豉馬上說道。

身旁的瞳瞳給豆豉作一個安靜的手勢，豆豉便立刻住口。

僖僖沒有理會豆豉，她又在鍵盤上按了幾個掣後畫面又陸續出現了外星文。

此時，夕夕走到豆豉身旁，向他說道：「僖僖是要追蹤溫德烈的電話號碼……」

僖僖點一下頭說道：「夕夕大哥可給我溫德烈的電話號碼？」

夕夕點一下頭並說出號碼。僖僖照著夕夕說的電話號碼在鍵盤按掣後，馬上便成功連上溫德烈的電話視窗。

圍著電腦的孤貓們感到嘖嘖稱奇，更對信信這電腦奇才嘆服不已。怎麼只在鍵盤上打下幾行外星文，便能連上溫德烈的電話？

「只要查得通訊資料便能取得疑犯的地址嗎？」豆豉又好奇問道。

此刻埋首屏幕的孤貓們，同步轉頭看一下豆豉，同步作了一個安靜手勢。

豆豉有點納悶，但身邊的瞳瞳還是向他甜甜一笑。

信信在連上溫德烈的電話後，打開他的傳訊視窗。找了一會，便尋得幾個疑犯的通話紀錄。

「嗯，我們尋得疑犯當日跟舊主人的通話記錄後，便可能找到誰是最大嫌疑……」

眾孤貓同時在僖僖身後點一下頭，除了豆豉，此刻還是傻氣搖著頭。

僖僖神通廣大，在得到夕夕舊主人溫德烈的通訊資料後。馬上便查出他大部分聯絡人的住址記錄。

眾貓分工合作，把一堆堆資訊列印出來，並逐一篩選。

最後便整理出，住在溫德烈附近的幾個嫌疑人物。

嫌疑人共有三人！

溫瑪嘉　賓森　翠迪

這三人的住所離溫德烈家不遠。如早前所說，假設是熟人所為，並且在半小時內能把夕怡拐走，那麼這三人便有最大嫌疑。

「這就易辦！我們可到這幾個嫌疑人家裏搜尋。」豆豉興高采烈的說道。

「等一下！」哥哥此時卻冷靜的向豆豉說道：

「是不是可從溫德烈家與嫌疑人住址的距離，

先作推算？」

　　眾貓面面相覷，不太懂哥哥的話。哥哥這刻

看到大家的樣子似在疑惑，立時湊近電腦屏幕，

並把桌上的滑鼠拿來點擊幾下，電腦便顯示出一

個地圖視框。

哥哥從地圖中一個位置，再點擊幾下，畫面

便彈出一個紅點：「這裡便是溫德烈家，我們以

此作定位，再量度三個疑人的步行距離，那便估

算到誰拐走夕怡的機會較大。」

　　一直在電腦前面的僖僖，此刻 眼光閃爍

看著身旁的哥哥，暗暗欣賞他的智慧。

MEOW!

哈哈！我想到了！

「……是最短的距離，這也說明了最大嫌疑的人……」豆豉說著，突然從阿納的桌上跳到了地上：「……那個嫌疑人，便是溫瑪嘉」

「老公，你小心點！」

瞳瞳雖知道豆豉身手敏捷，但作為太太總是什麼也緊張。

夕夕不知何時站到豆豉旁邊，他拍一拍豆豉肩膀：「你還是冷靜點，雖說溫瑪嘉到溫德烈家的距離和時間確是最短，但並不代表她便是最大嫌疑。」

豆豉瞪大眼睛說道：「這話怎麼說？」

哥哥也站夕夕和豆豉身旁說道：「即使是溫瑪嘉也難辦到，你要算算來回路程。從她家出發

要用上**15分鐘**才到達溫德烈家，同樣也要用上十五分鐘回家。即是來回也要用上半小時。」

「用上半小時，這便成立了，有什麼問題？」豆豉說道。

夕夕搖一下頭：「你只計算來回路程，但要把夕怡拐走，也需要更多時間啊！」

豆豉聽到夕夕如此答道，不禁語塞。但他想了一會，卻又開口說道：「但溫瑪嘉可能不是回家？」

「也有這個可能。」哥哥摸摸下巴說道：「還有的是，溫瑪嘉要在短短時間內拐走夕怡，似乎太過趕急。」哥哥說道。

「會不會是用跑的？」豆豉問道。

夕夕跟哥哥互看一眼，對於豆豉這說法，感到

認同：「對，無論怎樣，我們這就先出發到溫瑪嘉家調查。」

　　夕夕此時又拍拍豆豉的肩，並指向牆上的掛鐘。

　　豆豉不明所以，朝著掛鐘看去，只見時間原來已到孤泣回來工作的時候。

　　話還沒說完，眾孤貓便聽到大門方向，傳來叮叮噹噹的開門聲音。

CHAPTER 04
X計劃

到了翌夜，孤貓們整裝待發，也取了一個行動

代號，名為 X計劃。

什麼是 X？大家也不太清楚，只覺名字

很帥，孤貓們便一致舉腳贊成。

　　始終瞳瞳腹大便便，還是留守在工作室較好，而妹妹與僖僖，女兒家還是留下來照顧瞳瞳。

　　因此，以夕夕為首，豆豉與哥哥三兄弟馬上行動。

　　別以為三貓不懂得打開大門，這只不過是人類片面的想法。其實自孤貓們進駐工作室首天，他們早已隨意進出大廈。

　　避過了大廈保安，三貓便拿著地圖向溫瑪嘉家出發。

　　三貓要在一夜間完成X計劃並非易事，但他們還是要勇敢一試。

　　夕夕沒料到這孤貓一家上下齊心，而哥哥與豆豉更是義薄雲天。

　　此刻三貓就在黑夜的暗街上，坐著妹妹發明的智能摩托車，穿梭橫街窄巷，向目的地進發。

　　智能摩托車是工作室內的一架手推車改裝而成。因此，孤泣奴才便把妹妹當作了破壞王。誰知道妹妹卻是一個天才發明家。而摩托車的智能器統便是僖僖負責程式設計。兩貓雙劍合璧實在是天下無敵。

　　雖然只是實驗階段，而幾次的測試也只在工作室外的走廊進行，但這一回正好在橫街窄巷中

體驗一下智能摩托車的性能。

三貓風馳電掣，駕著摩托車雖感到興奮不已，但他們並沒忘記僖僖與妹妹的叮囑：「智能摩托車的電力只能維持三小時，你們要趕在這時限前回來，不然便只有徒步回來。」

智能摩托車上，還有一個計時器，好讓三貓知道時限。

「嗯，這裏就是從前的家。」夕夕跟豆豉和哥哥說道。

轉眼間，三貓便來到夕夕從前住過的地方，沒想到這一區的住宅也算富庶。

「為什麼溫德烈要把你交到孤泣手上？這區也屬非富則貴，應該有能力照顧你們三兄妹吧！」

豆豉邊駕著摩托車邊問到夕夕。

　　但夕夕卻沒有回話，哥哥和豆豉此時卻看到他眼泛淚光。

　　再行駛一段路後，夕夕才跟兩貓答上：「……稍後才跟你們說明吧！」

　　大家看看腳底的計時器，從夕夕舊址開始扣減時間，原來**15分鐘**不到，便到了嫌疑人物溫瑪嘉的家，其實最初的推算也不能精準，因為還有很多方法比徒步行走快得多，**例如：踏單車、踩滑板等**。

　　雖然有太多可能性，不過三貓還是要冒險。獨立房子，份外有格調。在深夜時分，三貓遠看破壞王的家，只見已關上全屋的燈，主人家該是睡得正甜。

「哈，是時候出動了。豆豉 磨拳擦掌 說道。

懂得隱身術的豆豉，當然是最佳潛入者。但夕夕

和哥哥？他們並沒有豆豉般那麼身手不凡，重點

還是不懂隱身之法。不過兩貓並沒懼怕，等到豆

豉翻身一跳，輕易站到圍牆頂後，哥哥便充當

跳板，讓夕夕踏在自己的背部，然後蹤身一跳。

夕夕的跳躍高度沒有豆豉那麼厲害，但在圍牆上

的豆豉及時便捉住了

夕夕。

等到夕夕站穩陣腳

後，哥哥又如何？

夕夕和豆豉互打一

個眼色，夕夕便一手捉

住了豆豉雙腿。豆豉懸

掛在空中，有如空中飛

人般，並示意哥哥馬上

跳上。

哥哥此刻毫不猶豫，一躍便捉住了豆豉雙手。

此時力大無窮的哥哥用上驚人臂力，一下便能把兩貓拋擲起來，兩貓有如特技人般，在空中一下鯉魚翻身，便到了溫瑪嘉家中的庭園位置。

真是乾脆俐落，假如此刻有現場觀眾，想必三貓會得到無限掌聲。

豆豉、哥哥與夕夕，三貓到了庭園後，立時「啪！」的一聲互相擊掌一下。

三貓在工作室相處的時間不算長也不算短，不過就在此時，大家卻感到滿有默契。

三貓此時看看四周，焦點便是這住宅的二樓的一個陽台。

那個位置應能進入這住宅。但問題是這個高度，卻比剛才的圍牆更高。

哥哥與夕夕，互看一眼，知道這高難度動作，

還是要靠豆豉出馬。

　　夕夕馬上重施故技，把豆豉用力拋擲。豆豉翻了幾個空中筋斗，便到了陽台。

　　夕夕與哥哥嘆為觀止，此時為免麻煩，也只好留守在庭園。實際上，豆豉的隱身術，不過是換上一件黑色外套，他跟夕夕和哥哥做了一個「沒問題」的手勢後，即便悄悄在陽台上的一扇窗爬進屋內。

　　屋內漆黑一片，豆豉此刻就只聽到不遠傳來睡眠呼吸聲。

　　豆豉聽到了呼吸聲，反而令他安心不少。

　　一直隱沒在漆黑中的他，此時便戴上夜視功能的眼鏡。

　　這眼鏡當然又是妹妹的傑作。

豆豉身處漆黑，卻憑夜視眼鏡看清四周。果然，這位置是一個睡房，而室內的佈置也說明睡房的主人，該是一個女生。

　　豆豉朝著房內的睡床一看，卻看到一個人類的形態正窩在被子裏頭。

　　豆豉不及細想，翻了一個跟斗越過睡床。想看一下在床上睡覺的人。

　　「該是溫瑪嘉吧！」豆豉心想。然而這一刻，豆豉卻聽到後頭傳來輕輕的幾下腳步聲音。

　　就在豆豉轉頭一看之際，怎料眼前便出現一雙 綠色巨眼

在庭園的夕夕和哥哥，此時除了祈禱，就只有乾等。

兩貓的心情並不輕鬆，只望豆豉能快快查探到結果。

哥哥此時卻想緩和一下緊張氣氛，向夕夕問道：「你也不妨說說，為什麼從前舊主人要把你拋棄，交給孤泣照顧？」

夕夕給哥哥一問，沈吟一會，便把過去的事透露給哥哥⋯⋯

其實夕夕三兄妹，從前在溫德烈家裏生活的日子說得上

三餐不愁，兄妹三人與舊主也相處融洽。

　　但就在弟弟患上腹膜炎離世後，溫德烈的情緒便起了變化，這段時間也冷落了夕夕兄妹。

　　直到後來，溫德烈的媽媽看到兒子整天**鬱鬱寡歡**，便添了一個新成員，希望溫德烈能回復心情。

　　不幸的是，新來一隻名種波斯貓，並沒跟夕夕兄妹相處得來，更時常要**爭風吃醋**。

　　及後還有幾回跟夕怡大打出手。

　　當哥哥的自然要為妹妹抱不平，也曾多次當上中間人。但波斯貓並沒罷休，後來就連

夕夕也 遭殃 。

　　就在夕怡失蹤後不久，波斯貓對夕夕更加肆無忌憚。

　　那一回，波斯貓把家中沙發破壞後，更向夕夕 插贓嫁禍 。

HOOOYAAARGH!!!

　　雖然舊主還是喜歡夕夕，但波斯貓跟夕夕還是相處不來，最後溫德烈還是選擇放棄了他⋯⋯

　　「然後⋯⋯我便來到孤泣工作室。」

　　哥哥靜聽著夕夕的往事，不禁為他抱不平。

沒想到夕夕從前的遭遇那麼 淒涼 。

雖然這故事確實令人婉惜，但哥哥卻突然想到一個疑惑：「嗯，怎麼你之前一直沒提過有這波斯貓的存在？」

　　「……嗯，其實是一些不愉快的事情，自己也不想多提。」

　　「但……」哥哥正想繼續說下去之際，卻看到屋內突然亮起了燈。

　　哥哥與夕夕，立時也緊張起來：「豆豉……他……」

　　在溫瑪嘉家裡的豆豉，**遭遇了什麼？**

　　這刻，要回說豆豉。

　　在他進入單位後，正當想看一下在床上熟睡的人是誰之際，轉身卻看到一雙**綠色巨眼**盯著自己。

　　豆豉雖戴著夜視眼，但巨眼跟自己的距離太近，使得他對焦不準。

　　此時，當豆豉拉遠距離後，這才看到這怪物是什麼。

　　原來……原來是一隻 **鬥牛犬！**

豆豉心知不妙，馬上翻身一跳，靈巧的站到一個衣櫃上。

鬥牛犬在漆黑的睡房中，還是看得清楚。不過他的樣子似乎年事已高，手腳遲緩。雖看到豆豉一躍而上，到了衣櫃上頭。但他卻沒打算上前捉拿這潛入的黑貓。

反過來，**鬥牛犬！**腳步遲緩的一步一步走到衣櫃旁邊，昂頭便跟豆豉問到：**你是誰？**

豆豉見狀還沒放下戒備，想著鬥牛犬倘若突然撲前攻擊，那便馬上向陽台出口逃去。

沒料到的是那隻鬥牛犬卻向著豆豉，露出一臉慈祥笑容：「你是誤闖的街貓嗎？」

　　豆豉聽到鬥牛犬如此問到，而且看樣子也是一位老人家，怎猜也不能跟他的身手相比。

　　豆豉想到這一點，也暫時放下戒備，心想，潛入的是自己，怎麼現正卻似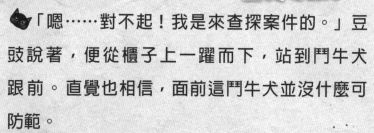

「嗯……對不起！我是來查探案件的。」豆豉說著，便從櫃子上一躍而下，站到鬥牛犬跟前。直覺也相信，面前這鬥牛犬並沒什麼可防範。

「查案？這不是警犬來當的嗎？怎麼現在連

貓也能當調查員？」

🐱「不不不……」豆豉尷尬的笑了笑。他一向尊重長輩，向鬥牛犬一下鞠躬，為自己擅闖而道歉過後，便說出 **來龍去脈** ……

🐱「嗯，這家主人從沒飼養貓咪，又怎會偷偷把人家的貓拿來？」

🐱豆豉摸了摸下巴說說道：「事情發生在半年前……你會否忘記了？」

🐶鬥牛犬又笑了一下說道：「溫瑪嘉從小就只跟我一起玩，而且她也一向只愛我一個。」

🐱豆豉搔了搔頭：「真令人羨慕……」但他心想，既然溫瑪嘉並沒可疑，又要到誰家裡找？

「你們這些貓咪真夠 **義氣**，兄弟間有難同當的感覺，我也很久沒嘗過。來來來，我給你倒杯茶再詳談。」

有誰會對一個潛入者如此禮待？豆豉知道時間緊迫，假如再拖延一刻，恐怕與外頭守候的伙

伴不能在調查過後回到工作室。

　　不過鬥牛犬彷似很久沒見過新朋友般。對豆豉親切熱情，硬要他留下。

　　豆豉推搪間沒了辦法，張起尾巴一掃，便把溫瑪嘉床邊的一只拖鞋投擲向房間的燈掣。

　　噼啪一聲！房間的燈光便亮了起來。這一下，鬥牛犬還沒來得及適應光度，豆豉便閃身衝出了陽台。

　　「寶寶，幹嗎？」本來熟睡在床上的溫瑪嘉此時被室內的光弄醒，還沒清楚發生什麼狀況，豆豉已神不知鬼不覺的離開住宅。

　　在外頭的哥哥與夕夕，還未確定狀況之際，一團黑影便從天而降。

　　嚇得兩貓退開幾步之際，便聽到豆豉從後頭說話……

嫌疑人不是
溫瑪嘉!!

　　一路上，豆豉便向哥哥與夕夕解說在溫瑪嘉的家中遭遇。

　　這下子，三貓感到頭痛了。如果不是溫瑪嘉又會是誰？三貓現在也只好順著思路，尋找第二個嫌疑人翠廸。

　　在溫瑪嘉的家到翠廸的住所不遠。三貓很快便到了翠廸的家。

　　為爭取時間，這一回三貓決定只讓豆豉潛進。

重施故技，豆豉馬上偷偷進入翠廸的家。

　　沒想到夕夕與哥哥在外邊守候不夠數分鐘便見到豆豉帶著失望的表情回來：「也不是翠廸！」

　　豆豉潛入翠廸的家後，裡面並沒什麼怪物或親善的朋友。這裡就只有翠廸和她的家人。豆豉走遍全屋，並沒任何發現。

　　「難度就是賓森嗎？」哥哥跟大家問道。

　　「但賓森距離溫德烈的家是最遠，又怎麼能在這短短時間內把夕怡拐走？」豆豉說道。

　　「這也不無可能。假設是兩人合謀便有可能把夕怡拐走！」夕夕此刻又摸著他的下巴說道。

　　「此話何解？」哥哥與豆豉同跟夕夕問道。

　　「溫瑪嘉跟溫德烈的家是最近，假設她與賓森

合謀，在中間點會合，那便成功拐走夕怡。」

哥哥與豆豉聽到夕夕的解說，同時 **哦！** 了一聲

「說得沒錯，這一趟是不容有失？因為合眾之力，最有嫌疑的就只這三人……」

假如……

最後在賓森家裏也沒查出什麼結果？

按照夕夕說法，如二人合謀也算合理。不過三貓已打定輸數，或許有了心理準備總會較好。

三貓邊想邊走，馬上便到了賓森的家。只見又是一家獨立房子，豆豉正要準備一躍而上之際，夕夕跟哥哥卻有一個想法：「我們也一起上吧！」

豆豉用力的點一下頭，再跟夕夕、哥哥互相擊掌：「對！假如這一回也是撲空，我們便一

起再想辦法吧！」

　　三貓又用先前方法攀過圍牆。

　　著地之處也是一個小庭園。

　　豆豉領頭潛入，三貓一步一步悄悄向大門位

置走去。

　　剎那間，屋內的燈光竟然亮起來？

　　說明屋內的人剛醒來嗎？

　　不過，最令三貓驚訝的，卻是當中一扇窗，

從燈光映照出一個貓貓的身影。

WOW!

會是夕怡嗎？

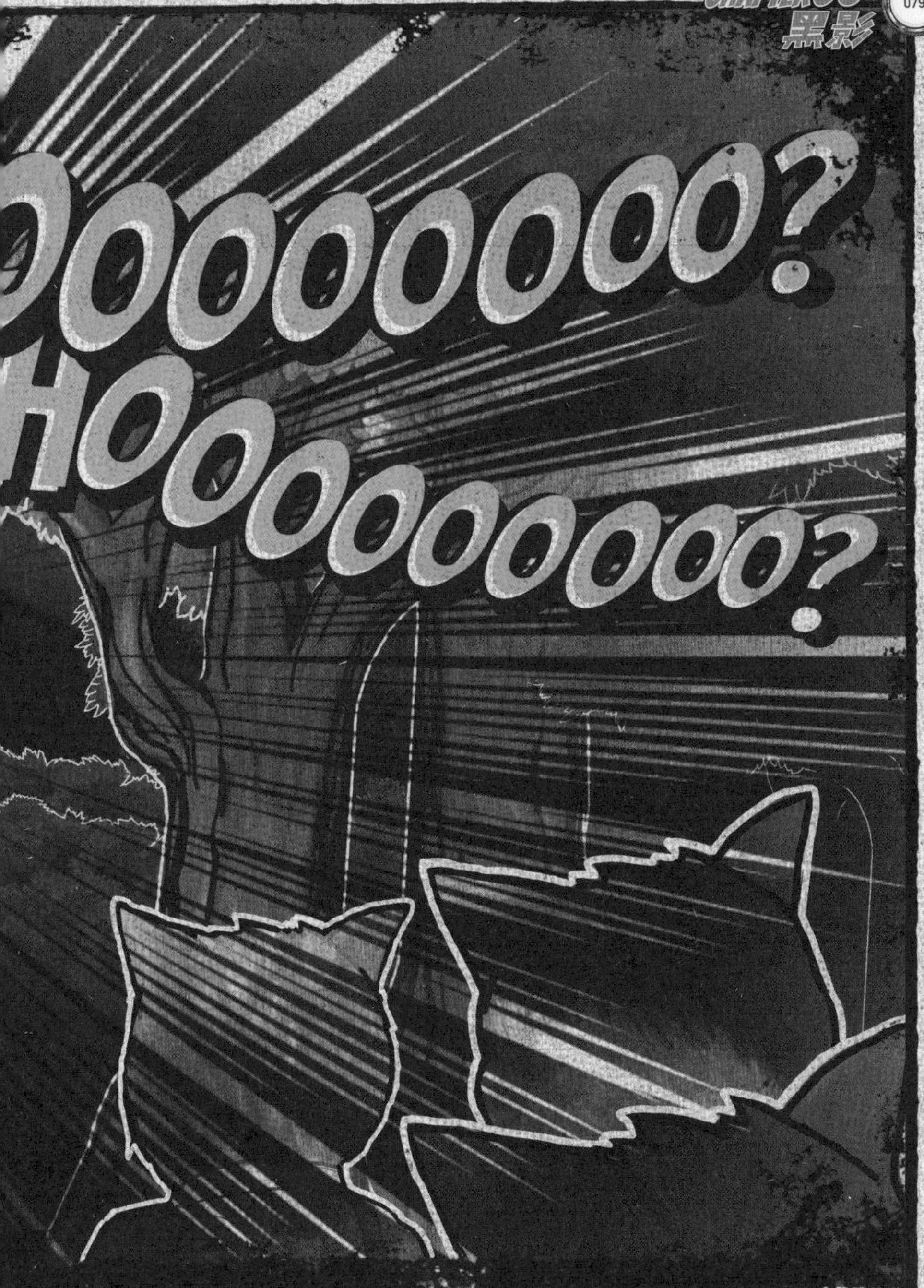
OOOOOOOOO?
HOOOOOOOOO?

在花園內，豆豉、哥哥與夕夕同時「噢！」了一聲。

三貓馬上掩著咀巴，竟忘記了自己是

潛入者！ 🐈‍⬛🐈🐈

就在此刻，屋內那貓影卻立時閃身移動，似發覺屋外有異。

豆豉警覺性強，馬上捉住兩兄弟，退到圍牆方向的小樹叢。

三貓匿藏起來後，便從樹葉間隙中看到大門外又亮起了燈，然後大門便緩緩打開，一個人影撐著拐仗緩緩走出：

在樹叢裡的三貓聽到那人的話，忍不住又「噢！」了一聲。

夕怡！你怎麼了？

怎麼是妹妹嗎？夕夕瞪大眼睛，沒想到一直失蹤的夕怡就在這裡！

隨後一個小小黑影，卻從那人身後閃身跑出。

這小小黑影，靈巧如豆豉，也如日本忍者的

身法，只一步兩步，便走到三貓匿藏的位置：

是躲無可躲，三貓全然沒法逃避。不過現在還要躲嗎？因為面前這貓，便是**夕怡!**

哥哥!!

夕夕此刻興奮得說不出話，也從樹叢中撲出緊緊擁著夕怡。

豆豉和哥哥看著這感人一幕，兩貓鬆一口氣！這一夜的尋親之旅，終能 **得償所願。**

「夕怡，你知道哥哥很想你嗎？」夕夕號稱**小霸王**，散發著**男子氣概**。但這刻重遇妹妹，確實忍不住流下男兒淚。

「哥哥⋯⋯嗚嗚！我也很想你，這半年來你究竟到了哪裡？」

夕夕聽到妹妹的話，不禁一愕：「這問題應該我問你才是。⋯⋯怎麼你會住在賓沙的家？」

兩兄妹對話間，卻沒留意到那個從大門出來的人，竟一拐一拐走了過來：「哦!夕怡竟有

這麼多朋友嗎？叫他們進屋再說吧。」這人是一個老婆婆。

 夕怡轉身便跟老婆婆說道：「婆婆，這是我的哥哥。」

怎麼這個老婆婆……？嗯，她竟懂得貓語？這位老婆婆，就在夕夕兄妹享受團圓一刻，這婆婆便到了跟前，還……跟夕怡對話？

豆豉三貓退開幾步，驚訝婆婆怎麼懂得貓語。

 夕怡轉過頭來，向夕夕微笑一下：「不用擔心，這半年來，也多得賓森老太太的照顧……」

三貓同時瞪大圓圓的眼睛，全然不懂究竟。

夕怡還沒說出始末，便要三貓先到屋內再說。

豆豉、哥哥和夕夕，帶著 百思不解 的心情進屋。只見室內滿是為貓貓而設的裝置和日用品。

牆上更有多幅夕怡的畫像，最特別是一個角落擺放了各式各樣，給貓貓穿著的衣服帽子。

這裏就似是一個 寵物小天地！

「我先給你們倒一杯茶。」夕怡說著便閃身走到廚房。

　　而那個婆婆，這才緩緩回到大廳，坐在一張軟綿的沙發上：「嗯，你們也過來坐吧！」

　　三貓有點不好意思的走到婆婆旁邊，坐了下來：「婆婆，你懂得說貓語嗎？還有，你這麼晚還不願睡？」

「**哈哈!** 我自小便聽得懂貓語，是與生俱來。而你問我怎麼這麼晚沒睡嗎？這應該說老人家總會很早起床。」

　　賓森老太太還沒說完，夕怡便倒了幾杯茶出來，逐一遞上後，便坐到了她哥哥身旁：「哥哥，我還沒問完，你這段時間到了哪裏？」

這要數回夕怡失蹤那一天……

因為夕夕那天病倒了，舊主溫德烈便帶他往

診所。就在那段時間，那討厭的波斯貓便跟夕怡使計。

「對，我剛才就想說，**波斯貓** 是有嫌疑，但最後還是忘了。」哥哥搔著頭跟夕夕說道。

豆豉此刻想不明白：什麼波斯貓？

隨後，夕怡又續說到當天發生的事⋯⋯

波斯貓跟夕怡說到，溫德烈將會把哥哥帶走，而且永遠不會回來。

夕怡信以為真，擔心從此見不到哥哥。沒想太多便從陽台跳出，希望及時能追上夕夕。

夕怡 一鼓作氣 ，但從沒離家的夕怡，走了一段路後，才發覺自己不懂方向。

想要回頭折返，但夕怡已然迷路。

夕怡東奔西走，找了大半天。最後便遇上了賓森老太太。懂得貓語的她，便跟夕怡問到所謂何事，而夕怡也把發生的事

賓森老太太便要夕怡先待在她家中，再行想辦法。

但日子天天的過，賓森老太太也知道夕怡和夕夕受過的委屈。同時，她也是愛貓之人。因此，她便要夕怡一直留下……

「怎料這樣

便過了半年。」

CHAPTER 07
以和為貴

聽到夕怡說到那隻波斯貓用計使詐，三貓

實在**無名火起！**

原來一切也是那隻波斯貓在搞鬼。

 豆豉此刻從沙發上站了起來：「我們真要給

波斯貓一點教訓。」

「嗯，還是不要那麼衝動。」此時，賓森

老太太便要豆豉的怒火平息：「要知道，這叫作 冤冤相報！ 有什麼事最好還是以和為貴，你看現在的夕怡，生活是否比從前美滿？」

賓森老太太說著，便揚手要夕怡來到自己身旁。而夕怡也馬上跳到老太太的大腿上，親她一下：「老太太對我很好，幸得她的照顧，這才不用給人家欺負。嗯，哥哥，你也可以留下，我們倆兄妹，在這裏必定生活得愉快。」

夕夕看著夕怡說不出話，旁邊的哥哥此時便要開口：「我們也有了一個新主人，還待我們很好。」

豆豉也跟著說道：「不然，你到我們的工作室一起生活吧！」

對夕夕和夕怡來說，此刻卻成了一個大難題。

原來這半年間各有遭遇，而可幸的是，兩兄妹在這段時間也沒受到什麼波折。反過來，同樣擁有美滿的生活。

夕夕此時便要開口：「妹，你現在也長大了不少，除了懂得照顧自己還懂得照顧別人，真是難得……」

夕夕邊說邊走到賓森老太太前，突然跪了下來：「感謝太太你一直照顧我的妹妹，日後也希望你多多照顧她！」

豆豉和哥哥沒想到夕夕會竟有如此舉動，千辛萬苦找到了夕怡後，卻要白費功夫嗎？

夕怡馬上從賓森老太太的懷裏撲向夕夕：「哥哥，你真好。」

「哈！妹妹，千里迢迢總算能找到你，即使

日後不能跟你一起生活也無防。哥哥只要知道你安好便是。」🐱

「你們的主人也似乎也對你們很好？」賓森老太太此刻問到三貓。

豆豉、哥哥和夕夕，同時用力的點一下頭。雖然心想主子孤泣是一個笨蛋，又不懂得貓語，不過卻是一個好人。

「那就太好了，日後便叫夕怡時常跟你們聯繫，好嗎？」

夕夕此刻雖難捨夕怡，但天下無不散之延席，而且時間已到了早上，假如還不快快回到工作室，且怕孤泣便要回到工作室。

三貓正要道別之際，夕怡卻突然要發問：「嗯！對，你們是怎樣找到來這裏的？」

夕夕便跟夕怡分享，之前的經歷！

　　夕夕逐一解說怎樣憑小小線索來調查。現在想來，結果卻是出人意料。

「你們真是厲害，只憑著電話記錄便能找到這裡來。」夕怡說道。

「哈哈，這也要依靠我們其他孤貓幫忙。」豆豉摸了摸自己的頭，心裡卻記掛著瞳瞳。

「這樣吧！我這就送你們一些見面禮。」賓森老太太說著便緩緩站起身子，走到那滿是衣服帽

子的角落。

夕怡打一個眼色，要三貓一同走到那個角落。

「這些全是我親手做的！要知道老人家退休後沒事可做，那便作一些玩藝吧。」

三貓走到角落，看到 琳琅滿目 的服飾，心想這些也不只玩藝那麼簡單。每套服飾也如電影戲服般精緻。

夕怡從中抽出了一件，向豆豉說道：「豆豉哥哥，這一套很適合你。」

夕怡把一套 重金屬造型 的黑色皮套裝，拿到豆豉身上一拼。

豆豉看一下那套衣服，心想自己穿上後必成為一個帥哥。

「夕怡，你現在就如一個時裝設計師？」

夕怡靦腆一笑：「哥哥不要取笑我，這也因為跟賓森老太太學習。」

「哈哈！我從前是一個裁縫，現在樂得清閒，那便想到做這些寵物衣服。

「哥哥，這套跟你很合襯。」夕怡說著拿出一套英倫偵探造型服裝，拼在夕夕身上。

但夕夕卻是看不慣這造型，正要推搪什麼，夕怡便把那頂偵探帽子，蓋到夕夕頭上：「哇！很帥，只欠一個煙斗，哥哥便成了**福爾摩斯**。」

「這……造型，自己真看不慣。」夕夕尷尬的笑說。

「不，這造型很適合你，日後你們可幫助其他貓貓偵查案子了。」夕怡說道。

COOL！

夕怡此話只是隨便說

說，不過三貓卻認真在想，成立一家偵探社也未常不可，反正孤泣工作室裏的孤貓成員，全都有獨特才能。

此時哥哥靠近夕怡，不好意思的指著自己鼻尖說道：「那⋯⋯我可配什麼造型？」

夕怡看著哥哥想了一會，便從那堆服裝中，找來一套 復古蒸汽朋克 造型的禮服。

哇！

哥哥穿這造型 有型有款！

🐱 夕怡跟賓森老太太看到大家穿上的服飾造型，不禁拍起掌來：「你們穿上後，實在好看，這就當作見面禮吧！」👵

大家興高采烈之際，突然便聽到屋內傳來陣陣鬧鐘聲響 ⏰

👵 賓森老太太看看牆上掛鐘，便跟大家說道：「嗯，**賓森** 👦 馬上便要起床了，我這就跟你們介紹一下。」

「哦！還是改天再見吧！我們也差不多要回到工作室。」🐱🐱🐱

賓森老太太還想跟大家介紹一下賓森，不過時候也不早，三貓此刻也只好跟賓森老太太和夕怡道別。

最是難捨的自然是夕夕，但他卻知道日後必

會保持聯繫。

兩兄妹擁抱一下，便要各散東西。

「原來已天亮了。」

「我們快快回到工作室吧」

三貓離開了賓森的家，馬上便騎著智能摩托，準備全速前進。

看看計時器，幸好電量該夠回程。

三貓穿著這個造型，啟動摩托車穿梭路上，確是加倍有型有格。

夕夕遠看著妹妹不住揚手道別，感覺不是味兒。不過當想到夕怡現在過著美滿的生活，感到這一趟旅程，確實有價值。

豆豉與哥哥騎著智能摩托，走在前頭。夕夕看著兩兄弟的背影，心裡也是萬分感激。

孤貓們是最棒的！

一不留神，正風馳電掣的豆豉，他駕著的智

能摩托竟突然解體，並且靈件四散。那大車輪也

在高速轉動下 **飛彈而出。**

哇！

幸好豆豉身手不凡，這下突發的意外，沒被撞得一仆一碌。他更靈巧敏捷的在空中打了**幾個圈**，即便安全落地：「怎麼會這樣？」

及時煞停摩托的夕夕與哥哥，當然不懂得狀況。

三貓呆呆看著那解體的智能摩托，不知如何是好之際，不遠便傳來一下 **玻璃爆破之聲**。

　　三貓望向傳出聲音的方向，那位置正好便是夕夕舊主，溫德烈的家。

　　隨著一下玻璃碎裂的聲音後，又傳來一下淒慘的貓叫聲。

　　三貓想得到發生了什麼，互看一眼同時也伸出**舌頭**。

我們不是故意的⋯⋯

「豆豉就坐在我的後面吧！」夕夕此時跟豆豉說道。

辦法總比困難多，雖然豆豉的智能摩托意外解體，但他有的是兄弟。

衝呀！
快快回到工作室！

NINE CATS 01 DETECTIVE AGENCY

9貓偵探社

第一集完
待續

三貓經過這一晚歷險，終於回到工作室。豆豉正想跟大家分享他們的遭遇之際，卻發現工作室裏多出了三隻貓寶寶。

「這……是我們的寶寶嗎？」豆豉興奮的跟瞳瞳問道

原來這一夜，在工作室裡的妹妹、僖僖和瞳瞳，也是 驚險刺激。

怎料到瞳瞳就在今夜誕下三貓寶寶。

「太太，真是辛苦了你。」豆豉情深的向瞳瞳說道，然後默默看著他三個寶寶的可愛模樣。

「我們也是首次接生，真是弄得雞手鴨腳……」僖僖說道。

「現在我們這個工作室，便有了九個成員⋯⋯

嗯 差點忘記問你們 這⋯⋯是什麼造型來的？」

妹妹問到豆豉、哥哥和夕夕。

　　三貓看看自己一身造型，立時擺起架勢，並

說了昨晚發生的種種。

「夕夕的造型真像一個偵探！」還在休息的瞳

瞳坐起身來，聽到三貓的經歷，卻感到他們實在

厲害：「我們這就成立一家偵探社吧！」

　　這個提議，孤貓們全都舉腳讚成，就連還沒

開眼的三個寶寶也突然同時舉起小手。

　　因此，**夕貓偵探社**，正式成立！

　　專責偵查大小不同案件！

　　此時，大門又

聽到叮叮噹噹的

開鎖聲，然後⋯⋯

「哈！孤貓們，我又回來了！」

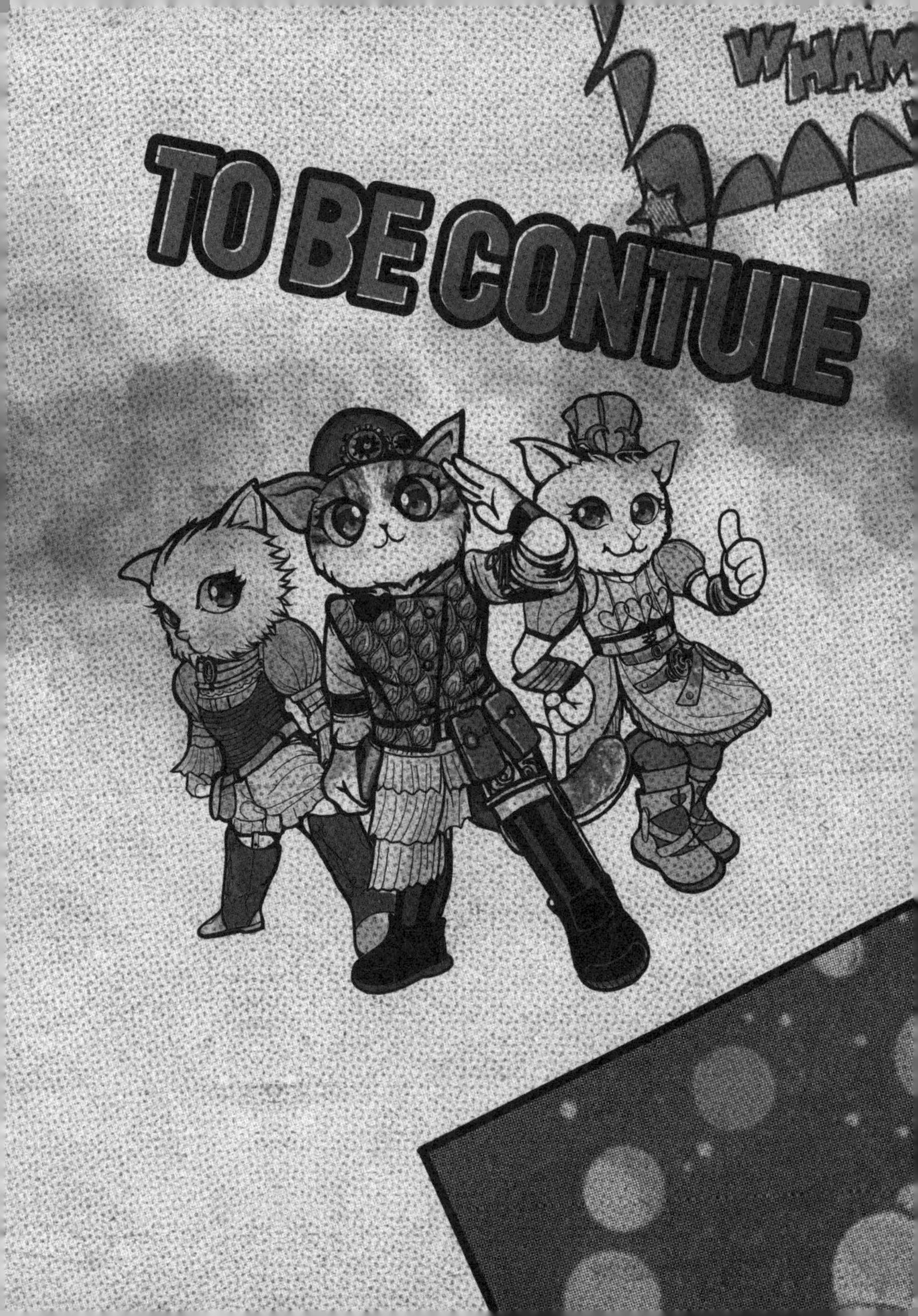
WHAM
TO BE CONTUIE

孤貓時尚騷

齊來增加時尚知識！

復古蒸汽朋克

這是一種流行在 **20**世紀 80 年代至 90 年代初的科幻造型設計，顯著特徵是把工業元素拼合在美美復古時裝上。

很多小說或電影也以此時裝類別作設計造型，包括了如朱爾‧凡爾納的小說《海底兩萬哩》和《環遊世界八十天》。也有宮崎駿的動畫《天空之城》、《哈爾移動城堡》以及大友克洋的《蒸氣男孩》等作品。

英倫偵探

大家必然會想到**福爾摩斯**，
這角色在大大小小的螢幕
上，登場了數百次，超過 *70* 多位演員扮演。
而偵探的服飾，也令人第一時間聯想到福爾摩斯
的造型。穿著優雅傳統紳士西裝，頭戴獵帽，
配以格子煲呔，散發著濃烈的智者氣息。

重金屬造型

是搖滾音樂的一個分支，具
有金屬音樂特點的音樂風格。
是一種渾厚、音量大的音樂，
特色是強力的嗓音、大量高頻
的電吉他、密集快速的鼓聲節
奏。而重金屬的造型服飾，通
常以**黑色皮褸皮褲**，加上金
屬鋼珠及鎖鏈的配飾。

孤貓成語教室

念念不忘

念念是一遍遍地思念。意指深刻的思念；永不忘記。
近義詞：刻骨銘心、朝思暮想
反義詞：置之不理、置之度外

欲言又止

想說又停止；不說。常形容有難言的苦衷。
近義詞：舉棋不定、遲疑不決
反義詞：快人快語、心直口快

鬱鬱寡歡

發愁的樣子，形容心裡苦悶，難解煩惱。
近義詞：悶悶不樂、憂心忡忡
反義詞：洋洋得意、自得其樂

A MOMENT LATER, HE WAS SAUNTER
ING AWAY, AND MY CUFF

大海撈針

在大海裏撈取遺失的針，比喻東西很難找到
或事情難以完成。
近義詞：沙裏淘金、石中取火
反義詞：手到擒來、易如反掌

目光炯炯

炯炯意指明亮的樣子，眼睛明亮有神。
近義詞：高瞻遠矚、光彩奪目
反義詞：黯然失色、相形見絀

馬不停蹄

不停頓地向前急走，形容人的行動急促或
連續不斷地進行工作。
近義詞：夜以繼日、再接再厲
反義詞：虛度光陰、歲月蹉跎

莫名其妙

形容事情非常奇怪，說不出道理。
近義詞：出神入化、曲盡其妙
反義詞：洞若觀火、直來直往

大惑不解

意指對事情難以解釋,既感到疑惑。
近義詞:百思不解、不知所以
反義詞:豁然開朗、恍然大悟

嘖嘖稱奇

意指對事情感到奇妙讚嘆不已。
近義詞:驚嘆不已、拍案叫絕
反義詞:見怪不怪、嗤之以鼻

雙劍合璧

意指同心合力,使做事情的力量加倍。
近義詞:志同道合、團結一致
反義詞:分道揚鑣、各行其是

磨拳擦掌

意指期待事情的發生。
近義詞:躍躍欲試、精神振奮
反義詞:按兵不動、靜觀其變

IS BEA... ...DARLING!
BUT... U... IS... FOR IF
...RN TO THE

乾脆俐落

形容行事直接爽快，毫不猶豫。
近義詞：斬釘截鐵、痛快淋漓
反義詞：拖泥帶水、猶豫不決

嘆為觀止

意指讚美事物好到極點。
近義詞：無以復加、拍案叫絕
反義詞：平淡無奇、枯燥乏味

爭風吃醋

因爭奪感情而嫉妒。
近義詞：爾虞我詐、明爭暗鬥
反義詞：見賢思齊、擇善而從

插贓嫁禍

意指犯錯後，陷害他人。
近義詞：公報私仇、挾私報復
反義詞：克己奉公、上恬下嬉

THAT DOESN'T

MIDGE WIN
BIGGEST

, DIANA, YOU
N'T LEAVE
E! I'LL FIND
U SOME

喧賓奪主

意指客人奪去主的地位。
近義詞：反客為主、鵲巢鳩佔
反義詞：輕重有宜、主客有常

來龍去脈

意指事情的前因後果。
近義詞：尋根究底、追本溯源
反義詞：無跡可尋、有頭無尾

重施故技

意指故有的手法技藝，重新發揮展示。
近義詞：再接再厲、重張旗鼓
反義詞：倒戈相向、推陳出新

得償所願

意指願望得已實現。
近義詞：心滿意足、稱心如意
反義詞：事與願違、大失所望

百思不解

意指事情怎樣思考也弄不明白。
近義詞：高深莫測、反覆思索
反義詞：恍然大悟、通俗易懂

一鼓作氣

解釋古代作戰，擊鼓進軍的第一下擊鼓，振奮士氣。
近義詞：士氣高昂、力爭上游
反義詞：一敗塗地、偃旗息鼓

和盤托出

意指把事情始末說出。
近義詞：直言不諱、暢所欲言
反義詞：含糊其詞、吞吞吐吐

冤冤相報

報復者的心態，把冤屈報復，循環不已。
近義詞：有仇必報、申冤吐氣
反義詞：以德服人、以德報怨

監制	孤泣
作者	梁彥祺
編輯 / 校對	小雨
設計 / 插圖	@rickyleungdesign

出版：孤泣工作室
　　　荃灣德士古道 212 號，W212, 20/F, 5 室

發行：一代匯集
　　　旺角塘尾道 64 號，龍駒企業大廈，10 樓，B&D 室

承印：美雅印刷製本有限公司
　　　觀塘榮業街 6 號，海濱工業大廈，4 字樓，A 室

出版日期：2021 年 7 月　ISBN 978-988-79940-9-1
HKD **$78**

 孤出版